KB198534

내 고향 흑산도
푸르다 지쳐 검은 섬

어른의시간 시인선 05

내 고향 흑산도
푸르다 지쳐 검은 섬

이주빈 시집

어른의시간

그리운 것들은 모두 수평선 너머에 있다. 알 듯 모를 듯 푸르다 못해 검은 바다. 고양이털처럼 보드랍게 짝지밭을 구르던 잔물결. 고요히 찬란했던 은하수의 밤. 언제나 꿈속인 듯 까르르 웃던 검은 살의 동무들. 그리고 삐비 순처럼 여리고, 동백처럼 단단했던 어머니.

그리움이 일어 파도가 될 때마다 나는 편지를 썼다. 은하수가 된 어머니에게. 별처럼 빛나는 유년의 동무들에게. 외로움에 바들바들 떠는 나에게. 한 번도 넘어 본 적 없는 수평선 너머 수평선에게. 이처럼 내게 시는 편지다. 우편배달부 행낭에 묶이지 않은 부끄럽고 아득한.

이 부족한 편지들이 시집으로 묶여 세상에 나올 수 있었던 것은 전적으로 강제윤 시인 덕분이다. 형에게 그저 감사할 뿐이다. 시집을 펴내 준 한국출판마케팅연구소 한기호 소장님과 도은숙 편집자에게도 감사 인사를 드린다.

그리고 짧지 않은 세월 함께한 인연으로 발문을 쓴 홍성식 시인, 어리숙한 후배의 시집에 애정 가득한 추천사를 써준 박남준 시인, 가슴 절절한 추천사를 써준 류근 시인께 깊은 감사를 드린다. 그저 누가 되지 않기를 바랄 뿐이다.

아, 이제 다시 섬이 되어 흐른다.

2024년 시월 흑산도에서
이주빈

차례

2부

온순한 슬픔 마르지 않게

3부

한때 내가 너의 지문이었듯

1부

네 이름마저 푸르다 지쳐
검은 섬

별
밤

달이 바다에 은하수 뿌리면

이슬처럼 단 물결

사르륵 사르륵

짝지밭* 몽돌 핥아 주는 소리

아가 넌 커서 돛단배 되렴

수평선 너머 수평선

넘고 넘어 하늘 닿으면

내가 꼭 안아 줄게

*짝지(밭): 몽돌로 이뤄진 해변.

당골래* 도화(桃花)

한 삼백 년 산 팽나무 지나
선창가 끄트머리 집 보이제
거가 나 사는 데여

작년에 구신 된 영감이랑 같이 살어
둘이 맞담배질에
소주도 반 고뿌씩 나누고
내 소리에 타당타당 장구바라지
얼마나 기맥히게 했는지……
한 시절 좋았제

그라고 보믄 세상 젤 징한 게 인연이여
갈라믄 같이 가든가
저 혼자 가는 건 경우가 아니제
썩을 놈의 영감탱이

뭔 염병한다고 〈흑산도 아가씨〉는

14

그라고 처불렀는지 몰라

너나 나나 다 귀양살이하는 거여

이 세상 귀양 끝나는 날이 죽는 날이제

얼마나 오져

죽는 날이 이별 끝나는 날인께

*당골래: 전라도의 세습 무녀(무당). 단골, 당골, 단
골네, 당골네 등으로 불리기도 한다.

겨울 흑산바다를 건너며

풍랑주의보 해제되고 첫 배 선실은
섬으로 가는 사람들
도란거리는 소리로 따뜻하다

홍도 사는 아버지 친구를 만나고
스물몇에 다시 흑산도로 들어가
신문에 독자 투고하며 글가락 놓던
옆 동네 형님을 만나고

흑산도 말 특유의 악센트로
"니가 헨단이 아들이냐?"
당신만큼 쭈글쭈글해진 백설기 건네는
이름도 모르는 '사리 이모'를 만나고

주의보 해제된 바다는 아직 거칠다
파도를 이겨 보겠다고 오기 부려 봤자
멀미만 더 심해진다는 건

누가 가르쳐 주기 전
몸이 먼저 배웠다 섬사람들은
그저 온몸으로 파도를 받아들일 뿐
잔놀에 출렁이지 않는다

배가 먼바다에 이르자
파도는 더욱 사나워진다
후두둑 떨어지는 동백꽃처럼
일제히 눈감는 사람들
컴컴해진 동공마다
용궁 없는 바다 하나씩 생겨났다

아픈 것들은 모조리 파도가 되자

새집 하나씨* 다섯 식구 거느리고
맞바람 툭 밀고 들어오는 짝짓가에
초막 지었을 때
친모 잃은 어린 아비는
몽돌처럼 또르르 굴러가
작은엄니 마른 젖가슴에 파묻히곤 했다.

아비가 맘씨 착하던 계모를 친모 옆에 묻고
저만한 나이로 짠 내를 몸에 배기 시작한
나를 끌고 섬 산봉우리에 올랐을 때
기막혀 서럽게 운 건
아비가 아니라 나였다

사위 팔방 시커먼 바다
기어오를 여 하나 없이 망망하여
까닭 없이 슬프기만 한데
같이 울어 줘도 시원찮을 아비는

솔개처럼 입 꾹 다물고 빙빙 돌기만 했다

더러운 섬놈 팔자
고립무원 서러움도 유전이 되고
원통할 섬놈의 피
씻어 내고 씻어 내도 짠 내는 가시지 않아
도망갈 궁리로 무작정 올라탄 배가
하필이면 사모아 배

고래도 먼바다 몇 바퀴 돌고 나면
제집으로 돌아가고
국제 우표 붙은 엽서 한 장도
몇 달이면 고향 가는데
배도 가고, 바람도 가는 아득한 섬마을에
월남제비 다녀왔다는 소식 건네 들으며
후두둑 눈물만 훔치고 말았다

다음 생엔 이 소징한* 섬에서는
절대로 나지 말아야지
그런 헛된 다짐이야
아비는 안 했을까

아비의 아빈들 안 했을까

순명은 거창하고, 운명은 고상하여
밀면 구르고, 굴리면 울면서
짝지밭 몽돌처럼 살아갈 테니
엄마 사는 은하수, 그 묏등으로 돌아가는 순
간까지
그저 그렇게 섬으로 흐르고 흐를 테니

슬픈 것들은 다 별이 되자
한도 끝도 없는 표류의 세월
동무 잃은 난파선 말벗이라도 해 주게
아픈 것들은 모조리 파도가 되자
속으로, 속으로만 몰아쳐서
더 이상 울지 못하게

*하나씨: '할아버지'의 서남해 섬 지역 말. 한압씨라고
도 한다.
*소징하다: 징하다, 징글징글하다는 뜻의 흑산도 말.

비
내
리
는

흑
산
바
다

눈으로만 듣고 싶은
노래 있다

귀로만 보고 싶은
사람 있다

입술로만 부르고픈
이름 있다

파시골목 여관 유리창

'색시'라 불렸던 서울 여자 살았던
대청도 김 선장 조강지처 피해 연애한

밤마다 때리는 신랑에게 도망친
큰누이가 숨었을

작은 방
그 방의 작은 창

누이의 멍든 눈물 닦아 준
안팎 뵈지 않는 착한 유리창

사내의 비겁 덮기 좋게 흐려 준
배려심 많은 유리창

몸뚱어리 하나 포도시 감싸는
햇볕 한 줌 살았던

늙은 떼마*의 노래

이씨 성을 가진 노인과
종선살이 삼십 년

송진내 황홀하던 몸뚱아리에선
다 쉰내가 나고

철부선 옆구리 뱃머리로
둥둥 처박으며 멍든 세월

기별도 없이 흘러가는
나만큼 늙은 섬이여

*떼마: 전마선(傳馬船)의 서남해 말. 전마선은 큰 배와
육지 또는 배와 배 사이의 연락을 맡아 하는 작은 배.

푸른 초저녁

갈파래가 짝지에 밭을 지으면
까맣게 반짝이는 아이들은
주르륵주르륵 미끄럼 놀이에 신났다

어른들은 먹지 못하고, 팔지도 못하는
갈파래 흉을 보며
여름 초저녁마다 걷어 내기 바빴다

갈파래 걷고, 씨알 굵은 홍합 따던 이들은
하늘나라 사람도 되고
육지 요양병원으로도 가고

이 별 늙어 가는 것은 티 한 점 나지 않는데
섬사람 늙어 가는 것은 훤히 티가 나
갈파래 무성한 초저녁 바다는
희게 푸르다

그해 추석에도
아들은 돌아오지 않았다
섬마을 어미는 솥뚜껑을 엎어
전을 지지며 울었다
바다에서 갈매기 한 마리
끼룩끼룩 함께 울었다

보
리
바
다

청보리 애 터져
누렇게 사위어 가는 날
고래는 섬을 떠났다
소년은 바람으로부터
이별을 전해 들었지만
기척하지 않았다

몸보단 마음이 먼저
떠난다는 것쯤은
짧지 않은 세월
달 차고 기울 때마다
끝없이 멀어지는 물결 배웅하며
어렴풋 알아 버렸기 때문

고래는 섬이 될 거라 했다
은하수 한가운데 영롱하게 빛나는
하루에 수천 번

엄마 하고 소리 죽여 부르면
어김없이 떠오르는
하늘의 섬

소년이 울면 가라앉고
소년이 웃으면 떠오르는
시퍼런 꽃

목포에서 흑산도 가는
바닷길 중간쯤
물양장엔 뱃고동 대신
빈 방앗간 지키는 섬고양이들
버짐 퍼진 노송처럼
검버섯 오른 어미는
마른 김 묶어 서울로 보냈다

태풍주의보

소금꽃 피어 흰
등 굽은 돌들
아프지 마라
갇히면 죽는다

해저의 신궁을 나온

용왕의 별수레는

북두칠성을 끌고 은하수 건너고

섬 아기들은 고래 등에 올라

피리를 분다

치자꽃 향기 가득한 바다에

다시 젖가슴 키우는 달

겨울
추자
도

섬 떠나 들어간 곳이 섬이라니
바람 피해 숨어든 곳이
바람 한복판이라니

갈매기들 유채꽃 물어다
바다에 한 점, 두 점, 석 점
노란 뱃등 짓고

빨갛고, 파랗고, 노랗고, 희고, 푸른
오색 눈물, 애기업개 따라
바다로 행렬하는

겨울 추자도

기다림 모조리 찬란히 죽은
슬픈 여

섬 떠나 깃든 곳이 여라니
바람 피해 스며든 곳이
애기업개 앙가슴이라니

무
인
도

봄 바다에 아지랑이 피듯
세상에 잘 깃들고 살아야 할 텐데

겨울 바다에 눈 내리듯
그대 마음에 편히 스며야 할 텐데

나의 바다엔
허구한 날 소슬비 들이쳐

가없이 표류하는
작은 종이배 하나

흑산(黑山)

그 찬란한 날에
너를 사랑하였듯

가장 깊게 어두운 날
너와 함께 죽으리

섬 동백꽃 산산이 부서지는
산 바다 하늘 별

네 이름마저
푸르다 지쳐
검은 섬

내
고
향
은
흑
산
도

내 고향은 흑산도
하도 멀어 섬 천 개는
징검다리 삼아 건너야 갈 수 있는 섬

내 고향은 흑산도
울울창창 바다보다 깊은
푸르다 못해 검은 산

내 고향은 흑산도
참고래 대왕고래 혹등고래 귀신고래
나고 자라던 고래들의 고향

내 고향은 흑산도
천주쟁이 정약전, 왕의 도포를 훔친 상궁
가다 죽으라 보낸 유배지

내 고향은 흑산도

아일랜드에서 오신 신부님, 섬마리아들과
함께
짝짓돌 져 날라 지어 올린 외딴 공소

내 고향은 흑산도
큐슈 배, 대만 배, 오키나와 배
싸목싸목 쉬어 가던 국제 해양 플랫폼

내 고향은 흑산도
사람보다 물고기가 많고
사람보다 돈이 먼저 취하던 파시의 섬

내 고향은 흑산도
안개 펑계 파도 팔아
일 년이면 백날 여객선도 안 다니는 절해고
도

내 고향은 흑산도
가진 거라곤 아득한 눈물뿐인 어미가
아비와 함께 늙어 가는 곳

내 고향은 흑산도

가고 싶어도 갈 수 없어 별뗏목 타고

꿈에서나 오가는 안드로메다은하보다 먼
별

도
초
도

수
항
리

석
장
승

아무리 어리숙한 가슴도
해와 별을 품고 있다
정작 어리숙한 건
하늘과 별과 해를
보지 못하는 네 눈
항시 기억하라
예의와 친절을 잃지 않는 건
너보다 못나서가 아니라
가슴에 품은 칼이
널 베기엔
너무 크고 예리하기 때문임을

섬
사
람

싸목싸목 넘어가는 달 잡으러
바람은 구름 몰고 달려가고
청개구리 삼대는
달그림자에 갇힌
쇠파리 잡으러 냉큼 혀를 내밀고
쫓아갈 힘도
가로챌 욕심도 없는 섬사람은
그저 하늘 바다만 바라보고

월
산
(越
山)*

스미어 밀려오는 게

어디 파도뿐이랴

우리는 바다 너머

밀려오는 수평선을 보았지

남지나해 건너 사모아로

태평양 건너 미국으로

가는 배들 따라

톳 숲에 숨어 키운

굴미*의 보랏빛 꿈들이

조울조울 스며 번지던

노을을 보았지

세 밤하고

또 천 밤 지나면

열 살에 샛별 된 동무

아기 귀신고래와 함께

피리 불며 돌아오는

검은 산 너머 섬

검은 바다 너머 섬

*월산: 월산도. 흑산도의 옛 이름.
*굴미: 바다 달팽이처럼 생긴 연체동물. '군소'의 흑산
도 말.

더 이상 뽀빠이며 풍선껌은 팔지 않지만

아장아장 걸어 단내 제일 진한

과자 봉지 끌어안던 나는

또박또박 적힌 사리상회 간판과 함께

아직 거기 놀고 있다

갑오징어 구워 주던 이모는 바다로 돌아가
고

꼿꼿한 허벅지에 손주 재우던 할므니는

천리타향 육지에 잠든 지 오래

산, 검푸르게 깊고

바다, 새파랗게 넓은

오랜 유배지에서

달은 끄덕끄덕 시소를 탄다

향수(鄕愁)

흑산도 지피미 고향집 앞

까치발로 총총 여섯 걸음 걸으면

마당 같은 짝지밭

바다를 살짝 깨물고

수평선엔 뽀얀 아지랑이

그 속을 느리게 느리게 기어가는 배들

누구를 태웠을까

어디로 가는 걸까

섬마을 아이들 좁은 등에

차크르 서린 소금 알갱이

안산 솔숲 성근 낙엽 밀고 다니는

미역 줄기 같은 바람이 닦아 주던

까맣게 흰

어린 동무들 살냄새

2부

온순한 슬픔 마르지 않게

연
애
시
절

손잡고 자자 했더니
피곤해하며 돌아눕는다
이윽고 숨소리 새근하여
슬며시 손잡았더니
왜 그래 하며 뿌리친다

숨소리까지 비추던 달
서녘으로 기울고
모로 누운 등에
슬그머니 살을 댄다
돌부처처럼 의젓한 그 여자

삐비 순처럼 흘러내린
그 여자 머리카락 서너 올을 돌돌 말아
언약식 반지인 양
검지손가락에 꼬옥 끼고서야
그윽하게 잠들었네

서리 든 창밖엔 컹컹
늙은 개 새벽 도둑 쫓는 소리

객
선
머
리

그

여
자

엊그제부터인가 그리운
섬 들국처럼 샛노랗게 수줍던
도무지 알 수 없는
그 여자

다른 살내음 흥건히 묻힌 채
짠하게 서로 바라보던
객선머리
그 여자

불과 사흘 전부터 보고 싶어진
내일부터 한동안 아리게 그리울
섬 너머 수평선 위
아슬아슬한 그 여자

기 다 리 는 날 에 는 아 무 도

오 지 않 았 다

꽃을 기다리는 날에는
묏등 삐비꽃도 피지 않았다

파도를 기다리는 날에는
잔놀조차 일지 않았다

기다리는 날에는
모두 오지 않았다

객선머리에 머리를 덩덩 찧으며 통곡을 해
도
바윗돌에 심장을 북북 갈아 피를 토해도

어미는 오지 않았다
사랑은 오지 않았다

기다리다 지쳐 쓰러진 하얀 밤

나 몰래 다녀갔을 뿐

기다리는 날에는
아무도 오지 않았다

어느 귀신고래의 장례식

서남해 외딴섬
담과 벽 구분 없는
토담집
좁은 안방에
스르르 주름을 풀었다

시누대 엮어 만든
뒤주에선 고구마
겨울잠 자는 냄새

푸우 푸
거친 숨 들락거리는
그대 숨구멍에
내 심장을 부빈다

가엾은 우리 사랑은 다시
노을의 대렴*을 받으며

내생을 준비한다

*대렴(大殮): 운명한 사흘째 날 소렴한 시신을 다시 옷
과 이불로 싸고 베로 묶어 관에 넣는 유교식 상례 절차
의 하나이다.

첫
사
랑

다 쉰 김치에 두부 한 모
또닥또닥 썰어 넣고 국 끓여
눈만 뜬 그에게 건넨다
마른 논 이슬 삼키듯
국물 한 숟가락 겨우 넘기고서
오빠 하고 가늘게 불렀을 뿐인데
전라도 가시내 홀로 버텼을
징한 병상이 서로 북받쳐
꼬옥 안은 살
초라히 돌리는 가는 목이
초승달처럼 희게 흔들렸다

수평수(水平水)*

칠흑 바다와 맨 처음 만나는

가장 낮고 어두운 자리

배 중심 잡아 주는

얕은 물 있지

속으로 멀미하며

그대 침몰 못 하게

속으로만 부르르 우는 눈물 있지

*수평수: 배의 균형을 잡아 주기 위해 밑 칸에 채우는
물. 벨러스트(ballast).

흑산홍어를 말리며

지금은 몸뚱이 정중앙을

도려낼 때

멍든 가슴

병든 가슴

한 맺힌 가슴

화병 난 가슴

외로운 가슴

슬픈 가슴

우는 가슴

도려낸 자리에

바람이 오가고

물결이 오가고

별과 달이 오가고

가슴을 도려내야

썩지 않는다

목포 온금동 곰보선창장

조금새끼들 꽤나 애태웠을
부실한 섹스처럼 허리 아직 난 채
일 년, 이 년, 십 년
헤아릴 수 있는 정도만 늙었다

제대로 늙지 못하는 인간들이 다리를 놓지
한 뼘, 두 뼘, 백 미터, 십 킬로미터
두려운 만큼 많이 내는 십일조
인생살이 하찮아지는 만큼 길어지는 다리

우린 죽어서 다리 따윈 놓지 말자
죽어 건너는 다리란 게
귀신 밥만도 못할 것인데
살아서는 더더욱 다리 따윈 생각 말자
엎혀 가는 인연 따위 이어서 뭣 하겠나

사랑으로는 기다림 없으리

사뿐사뿐 들락거리는 달밤이 없다면

오로지 섬이 되어 흐를 뿐

물결보다 예민한

목포 온금동 곰보선착장에서

집어등 불빛 아래

대체 가슴속에
모을 수 있는 것 하나 없구나
그 밝고 맑은 웃음소리
미역보다 싱그러운 살내음
그물을 쪼는 물고기 한 마리조차
안을 수 없구나
집어등 불빛 아래
세상 모든 것 다 모이고
천지 아래 모든 것 다 잡혀도
내 안엔 도무지
모이는 것 하나 없구나
잡히는 것 하나 없구나

노
란

바
다

수평선 하나 넘으면

노란 바다

외로운 섬들이 망명한

병든 사랑

돌이 된 달이

숨어든 자리

달밤에 부친 전보

산다이* 함께할 동무들

모두 떠난 섬마을

육지에서 우르르 몰려온 포크레인은

달로 가는 길에

방지턱을 놓고 있다

월령공주에게 보낸 급행 편지는

한 스무 날이 넘어서야 배달될 것이다

기다린 김에 조금 더 기다리시라

천년 언약도 가소로운 시절

이화주 몇 잔 들며

사내 심장 썩은 피로 내려쓴 편지

싱겁게 읽어 내릴 줄

아는 당신이니

*산다이: 서남해 도서 연안 지역에서 연행된 노래판. 명
절이나 초상을 치른 다음, 또는 쉬는 날에 사람들이 모
여 함께 노래 부르고 노는 문화.

염병할 그리움

칼끝만 대도 쩍 갈라지는
수박 한 토막 냉큼 집어
설탕보다 다요야* 한 입 잡솨 봐
억지 봉양이라도 하고픈 여자는
지가 좋아하는 하나님 아브지 곁으로 가고
얼음보다 시원한 빨간 살
냉장고 귀신이 대신 먹는
뜨겁디뜨거운 여름
염병할 그리움은 더위도 안 탄다

* '다요야'는 '다네요(달다)'의 전라도 말.

방파제 끝에 찌오지 매미처럼 대롱대롱 걸
터앉아 이야기한다 나이 핑계 삼지 않고 순정
을 다해야 하는 몇 가지와 요즘 갑자기 좋아졌
다는 〈동숙의 노래〉, 그리고 여전히 귀양살이
하고 있는 〈흑산도 아가씨〉와 그이의 늙은 애
비들과 어미들에 대해서

남지나해 어느 여에서 불어온 바람은 땀에
절어 있었다 고단한 여정이었을 것이다 우리
가 절룩거리며 여기까지 걸어왔듯 바람과 동
무와 나의 앙팍한 늑골 사이로 갯내 진한 눈물
이 땀처럼 흐르고, 가슴팍 위론 짜디짠 소금꽃
이 피었다

두런두런 이야기가 길어질 때마다 국적 다
른 캔맥주들은 훌쩍거리며 울었다 느닷없이
채이고 치이는 운명이야 서로 다를 게 없어서

얇고 시린 몸뚱아리에 볼을 부빈다 먼 바다 건
너온 세상 가여운 것들이 방파제 끝으로 우르
르 몰려왔다

　그 끝에 네가 있다 수경처럼 밝은 눈을 하
고, 아기고래 수염처럼 보드라운 미소를 하고
"오빠 긍가" 찔레꽃처럼 순한 전라도 말로 등
토닥이며 늘 그랬던 것처럼 언제나 그럴 것처
럼 태풍이 오려나 흐릿해지는 수평선 위로 남
십자성이 저 홀로 넘어가더라니

여려울 때마다 붉어진 볼처럼

낮술에 취한 해처럼
이야기 없는 별처럼
표류하는 등대처럼
까닭 없이 이어진 가로등처럼
여려울* 때마다 붉어진 볼처럼
한 번도 제대로 빨지 못한 울 엄마 젖처럼
궤적 없는 바람 스쳐 흔적 남기고
무심한 물결 흘러 무늬 남긴 그대를
지금 그대로 사랑한다

*여렵다: 부끄럽다는 뜻의 서남해 섬 말.

65

작은 우체통 녹슬어 으스러질 때까지

편지 한 통 오지 않았다

지붕 꼭대기까지 기어 올라간 안테나에도

안부는 잡히지 않았다

하늘에 올린 솟대

다 썩어 내릴 때까지

괭이갈매기 한 마리 오지 않았다

눈물이 돌덩이 되고

바위가 모래로 갈리는 동안

바람 한 점 들지 않았다

세상 파도 다 무너져 내릴 때까지

너는 오지 않았다

마
당
에
핀
접
시
꽃

사는 게 비슷해

늙거나

작거나

외지면

찾는 이가 없어

무른 꽃잎

얼핏 보면 무궁화

너도 꽃이냐 비웃지만

희고 빨간 확신에 찬

허리 꼿꼿한 내 사랑아

이 꼴 저 꼴 보고 살 만큼 살아
울기 쉽지 않은
건조한 나이

얼마나 다행이냐
하루에 대여섯 번
억지 눈물이라도 흘리고 사니

동공 찢어지는 이별의 아픔쯤이야
참을 수 있지만

불쑥 터지는 그리움엔
약이 없다는 걸
하루 한 번은 새기며 잠들 수 있으니

자
은
도

일
출

어제 치 피로 덜 가신 이슬에

십 년 치 눈물 덜 마른 소금밭에

아무 생각 없이 소풍 나온 해님

외로움과 척지지 말자

사람 가벼워진다

고독을 슬프게 하지 말자

인생 삭막해진다

새
벽
기
도

입술 밖으로

새어 나오지 못한

이름 몇이

이슬처럼 내리는 새벽

간혹 그리워하자

온순한 슬픔 마르지 않게

불
시
로

아
련
한

심
장

춘삼월 갯바람은
미역 줄기처럼 싱그럽고
깨금발 딛은 파도에선
네 살결이 잡힌다

어쩌자고 나는
불시로 아련한 심장을
달고 태어난 것일까

어쩌자고 너는
까닭 없이 그리운 얼굴이었을까
섬 벚꽃 희고 붉게 소풍 가는 봄날

허물 제대로 벗지 못한
뱀과 함께 나는
아직 겨울잠을 자고 있다

나 살던 옛집은 밤나무 숲에 있었지
서향으로 난 창으론 수수한 들녘 익어 가고
뒷산 자락엔 새벽마다 상고대 피었다 지곤
했어

분칠 잘하던 옆집 새댁 야반도주하던 어느 봄
무수한 참꽃 서럽게 울어 대더군
칠성이가 농약 마신 것이 한 달쯤 뒤였던가

피차간 가뭇없이 사라져 끝날 게
인연인 줄 빤히 알면서
도란도란 잇지 못함이 죄스러워 탁주 사발
을 들이켠다

나 떠난 후 옛집엔 바람 들어와 살고
탱글탱글 밤 만들기 이골 난 나무는
은빛 거죽 뒤집는 것으로 옛 가을을 난다지

선
창
의
밤

애 녹은 홍어
멀미에 지친 배
나란히 잠든 항구

새 애인 잃은 마도로스
산다이 동무 찾는 섬놈이
가지런히 꾸는 꿈

젊은 기차는 덜컹거리지 않았다
그래서 더욱 무심한 호남선
눈에 묻힌 들을 지나 기차는
항구에 멈출 것이다

오늘 같은 날엔 바다에도 눈이 쌓여
간만에 배들은 쌔근쌔근 단잠을 잘 테고
모처럼 뱃사람들은 육지 멀미에 취하겠지
만

여전히 떠날 궁리에 몇몇은
좁은 어깨에 싸락눈을 얹으며
선창가를 배회하다
이른 아침부터 대폿집에 들겠지

나이 든다는 건
이유 없이 떠날 일이 줄어든다는 것

부두에 묶인 밧줄을

매겁시 툭 차 보고 돌아서고 만다

막
배
를
기
다
리
며

기다리니 돌아보게 된다
아주 잠깐 전 스친 바람조차
매번 유려하진 않았다
어느 날은 미친 사자가 되어
나를 벼랑 끝에 몰아세웠고
어떤 날엔 묘한 향기로 춤추게 했다

돌아보니 다시 기다리게 된다
언제나 지금이었던 어제거나 내일
시간은 한 번도 미래형인 적 없었다
어떤 날엔 나를 그 섬에 버려두고 왔고
어느 날엔 유채꽃에 취해 바다를 뛰게 했
다

물끄러미 넘기는 시선 끝으로
저벅저벅 늙은 배 한 척 걸어온다
아 거기 또 뉘 실려 오는가

여기 떠나지 못해 안달하는

세월 속으로

3부

한때 내가 너의
지문이었듯

목
포
영
해
잔
교
산
다
이

이젠 팔뚝 근육이라곤
바람 빠진 풍선처럼 추레한 마도로스와
늙은 선창가에 집 없는 갈매기 모양으로 앉
아
나름 동지나해 휘젓고 다녔을
깡마른 베트남산 쥐포를
보해소주 안주로 뜯는다

열몇인가 스물몇에
그것도 사랑이었다고
파르르 떨렸던 심장을
키득키득 얘기하다
누가 먼저랄 것 없이 시작된 산다이

〈목포의 눈물〉 쏟아지고
서울 간 〈흑산도 아가씨〉 돌아오고
찔레꽃 한창일 섬길 향내 밀려오면

백석의 편지를 번갈아 읽었다

실패한 혁명가, 난파당한 배처럼

제 얘기는 차마 슬퍼

남의 편지나 대신 읽는 벅수 같은 것들이

꼴에 섬놈이라고, 꼴에 뱃놈이라고

돼지 멱 찢어지는 소리보다 높게 산다이 이

어 가면

작은 어깨 들척이며

낮게 낮게 우는 바다

땅
끝
에
서

시름시름 앓는 혈맥은

여기가 끝이라 하고

검버섯꽃 핀 손등은

비로소 시작이라며

억지 위안 받으러 오는

땅끝에서

나는 보았네

섬들이, 그 징한 것들이

하나둘 징검다리 되어

줄지어 익사하는 것을

모조리 침몰해

앙상한 등골만 간신히 남은

소징한 것들이

징검다리 되어

끝도 없을 땅으로

저벅저벅 걸어 들어가는 것을

흐느적흐느적 다시 기어 나오는 것을

한
달
만
살
자

　　꿈결인 듯 생시인 듯
　　달달한 음악이 귀 간지럽히고
　　살짝 열린 창으로 순한 짠 내 나는 바람이
들어와
　　읽다 만 책장을 이리저리 넘겨도
　　기지개 대신 엄지발가락 꼬물거리며
　　눈뜰까 말까 게으름 피우는 아침을
　　한 달 동안만 살고 싶다

눈 내린 날, 늙은 나무에게 물었다

나무가 늙으면

흰 한숨만 늘어

강은 또 매겁시 얼기 일쑤고

명년 봄엔 돌아오겠다던 사람

살냄새조차 따라 얼어붙어

정 붙일 데 없는

한산한 날 오후

나무에게 물었다

묻지도 않고 자기 답만 늘어놓는

쉰 바람과는 어떡해야 결별할 수 있는지

어떻게 뒤돌아서야

나잇값 제대로 하는 모양인지

어떻게 살아야 세월의 풍파는

고운 속살이 되는지

목포행 무궁화호

늙은 기차는
푸른 시절 속을 달린다

언제나 종점인
남녘 끝 플랫폼

늙은 섬 하나
마중 나와 있다

목포 만호진 소원등

나이 여든하고 둘
동네 축제에서 나눠 준
공짜 소원등을 단다

살 만큼 산 노인네가 주책이라는
옆집 할매 타박을 못 들은 듯
꼼지락꼼지락 소원등을 단다

내가 문자를 몰라서…
자원봉사자 악필을 빌려
간신히 소원등을 단다

잘 계시요?
쫌만 기다리시요
흰 상여꽃 같은 소원등을 단다

자다 봉창 두드리듯 스스로에게 묻는다
인생은 아름다운가
태양과 밀애를 끝낸 바다가
하늘에 보랏빛 무지개를 잉태하듯
인생은 거룩하도록 아름다운가

작은 몸에 범벅으로 난
사랑의 생채기
그리움이 더 이상 아련하지 않은
이 나이에 여전히
인생은 아름다운가

그대 떠난 후
나의 공소도 무너져 내려
기도하는 법을 잃어버렸다
이제 나는 그 누구에게도
나를 신탁하지 않는다

그럼에도 인생은
저 홀로 아름다운가
아름다워야 하는가

대답 원치 않는 물음
메아리 원반을 타고
객선머리 빙 돌아 다시
바다로 나아간다

인생은 아름다운가

어느 땐 무심하게 돋은 촉수로
시절의 바닥 더듬거리고
어느 땐 망연하게 청한 눈으로
삶에 드리운 어둔 그림자를 녹였다

나래 짓 멈추고
바람으로만 유영하며
스스로를 놓아 버리는 시절

그대 별엔 은하수 지고
분꽃은 달님을 떠난 지 오래

어쩌다 온몸을 쓸어
노래하는 아침이
투명하게 밝아오리니

동개(冬蓋)를 닫고

묵묵히 밀려오는 새벽이여

주저 없이 나를 죽이라

동백(冬柏)

아직은 시뻘건 독
속으로 삼켜
더욱 옹골져야 할 시간
꽃잎 한 장 허튼 날림 없이
모가지째 통으로 적멸하는
새봄 오기 전까진
짠 내 칼칼한 바람으로
근육을 키우고
뚜우욱 뚝 증류하는
이슬의 말 배우리니
굵은 묵언
오로지 내게만 보이는
선연한 나이테 한 줄 새기는
지금은 어부의 계절

한
때
내
가
너
의
지
문
이
었
듯

이웃집 옥상에 버려진 맥주 캔에 눈이 살포시 쌓였다 눈은 스스로를 녹여 우주의 지문을 이식하고 있다 지문엔 남십자성 따라 바다로 가는 길이 새겨질 것이다 캔이 적도 언저리에 도착할 즈음 지문은 모두 지워지고 눈은 다시 은하수의 이슬이 되겠다 한때 내가 너의 지문 이었듯

뒤
안
에

내
린

눈

가끔 오가는 길고양이와
잠시 둥지 튼 내가
매겹시 경계하고
무담시 내외하는
선창가 좁은 벼랑에
새벽 내내 피었다 진
흰 상여꽃

94

화순 운주사 와불

죽은 어미는
돌부처가 되었다

한 번 울 때마다
온몸이 부서졌다

섬집 아기는
구름이 되었다

산산이 부서진 젖가슴에
밤마다 얼굴을 묻었다

서럽게 우호적인 시월 바다

옥빛으로 통곡하는
달 품은 바다
시퍼렇게 멍든
태양을 감춘 하늘
우주는 시월에 왜 이토록
서럽게 우호적인가

갯강구의 산보

태풍 지나간 해안 도로
헛그물질에 성난 어부는
바다에 뽕짝을 틀어 제낀다
물들고 싶어도 더 이상 물들 것 없는
야박한 세상살이
하늘은 바다를 쫓아 하냥 깊어 가는데
소갈머리 없는 갯강구는
오지 않을 내일을 푸르게 데려온다

섬
마
을

초
저
녁

바다로 가는 길과

인간의 마을로 가는 길 사이

수줍은 복사꽃처럼

해가 웃었다

나도 너처럼 여렵디여렵게

살다 질란다

서
해
노
포(老鋪)에
서

싱싱하고 비린 것들은

모두 서울로 가고

포구엔 온통 늙은것들뿐

은퇴한 작부의 실비집에

단골 대신 이미자의 〈동백 아가씨〉가 흘러

나오면

늙은 전마선은 하릴없이

뻘등을 뒹굴었다

속절없는 날들과
기약 없는 기도가
세 들어 사는

고향 없는 바람이 놀다 가고
엄마 잃은 별들이 쉬어 가는

그 남자의 수평선 없는 바다

꽃들의 당부

일용할 햇볕만 쬐고
목 축일 정도의 물만 모으고
쓰러지지 않을 정도로만 땅에 집착하자
언제든 흩날릴 수 있게
언제든 가볍게 잊힐 수 있게

헌
집
을

고
치
며

서툰 목수는 못을 많이 썼다
여기저기 덕지덕지 박힌 못

뽑아내니 더 튼튼해지는 집
인연 또한 마찬가지리

서툰 목수는 말이 많았다
묵묵히 듣고 있는 백년 서까래

세월만 한 기술 없고
세월만 한 장비 없다

텃
밭

수년째 방치당해

취한 놈 발길질에 패이고

길 잃은 비바람에 멍든

공사장 양철판

쭈글쭈글해진 몸뚱이에

칡넝쿨 하나 품어 키우고 있다

육신이 구겨졌다고

생마저 구겨지랴

다들 제 몸속에

고운 텃밭 하나씩 품고 산다

나이 들수록
오라는 데 없어도
갈 데 많은 사람이면 좋겠다

새길 나서는 젊은 벗 꽁무니엔
꼰대 소리 없는 노잣돈 슬그머니 찔러 주고

세상 조명받을 일은
나보다 한 살이라도 덜 먹은 이에게 내주고

오라는 데는 없어도
갈 데 많고 할 일 많은…
조용히 늙어 가는 사람

밤
눈

소주 몇 병 받아다
야윈 노가리 한 줄 구워
기다리고 있을 테니
편한 날 싸목싸목 오시게
반역 한번 꿈꾸지 않는
가소로운 세상
온몸 다 눙그러져
물이 될 때까지
벼르고 벼르고 있을 테니
새봄 오기 전
꿈에라도 한번 다녀가소

무 종(霧鐘)의 노래

몸뚱어리 녹슬면

기력 찬 노래 대신

쉰소리나 늘어놓을 테니

조금이라도 더 무모할 수 있을 때

종이 되자

안개 자욱한 바다

형체 없는 빛깔로

더엉 덩덩 노래하는

표류하는 별과 섬과 고래의 동무

잘디잔 수작 따라

머리 더 희어지기 전에

가차 없이 울어 대자

출
항

1

나는
더욱 쉬워지기로 한다
바람보다 가볍게
물결보다 섬세하게

출
항

2

쌓아 둔 추억만큼

파도는 일고

잊어야 할 이유만큼

물결은 멀어진다

더러 미련들

암초처럼 불쑥불쑥 솟아나

바다 한가운데

나를 잡아 세워도

돌아갈 수 없는 길은

돌아보지 않으리

개
망
초
꽃

세상 흔한 것은
기대 사는 모든 생명들의 밥

나는 그렇게 흔해서
이름 머리에 '개'를 붙이고 살지만

나는 그렇게 흔해서
재수에 옴 붙을 '망' 자를 이름으로 쓰지만

여지껏 나는 못난 것들의
여우 같은 마누라
철없는 아버지였으니

부디 힘세고
돈 많은 자들은
너희들의 꽃을 찾아 떠나라

나는 개망초

오로지 가난한 자들에게만 보이고

오로지 힘없는 자들에게만 사랑이 되는

흔해서 따순,

당신의 밥

바다, 섬, 그리움으로 축조한
시의 성채(城砦)

홍성식(시인)

　낮지만 명확하고, 강변하지 않아도 설득력 높은 목소리를 가진 사내 한 명을 알고 있다. 흑산도에서 태어난 그는 목포와 광주에서 학교를 다녔고, 이후 꽤 긴 시간을 기자로 살아가다가 지금은 고향 근처로 돌아가 '바다'와 '섬'에 관련된 일을 하며 지낸다.

　그와 10년 가까이 같은 직장을 다닌 나는 한잔 술에 취해 꿈꾸는 눈동자로 유년의 '그리움'을 이야기하는 모습을 여러 차례 볼 수 있었다. 선후배와 주고받는 말 속에 은유와 상징을 무시로 담아내던 그는 어쩌면 아주 오래전부터 시인의 성정으로 세상과 인간을 대해왔을 수도 있었다는 걸 최근에 깨달았다.

　그 깨달음의 근거가 지금 내 앞에 놓여 있다. 낮은 목소리로 상대를 설득할 줄 알고, 순정한 소년의 눈망울을 가진 이주빈이 짧지 않은 세월 동안 써서 간직해 왔을 시를 읽는다. 새삼 이주빈의 내면 풍경을 다시 보는 듯해 마음이 저 아래 깊숙한 곳에서부터 아려 온다.

이주빈의 시를 관통하는 세 가지 핵심어는 바다, 섬, 그리움으로 요약될 수 있다는 게 내 생각이다.

돌아보면 이 세 가지를 소재로 이야기할 때 이주빈의 목소리엔 신명이 묻어났고, 눈동자는 유독 빛났다. 이번 시집은 바다와 섬, 그리고 그리움이 어떻게 그를 만들었고, 간난신고의 세상을 견디게 했으며, 내일을 그려 가게 했는지에 관한 부연이라 불러도 무방할 듯하다. 그 옛날 남도 판소리처럼 곡진함과 서글픔으로 사람의 애간장을 아프게 녹인다. 근래 보기 드문 진경이다.

이주빈의 고향은 바다, 그 가운데 외롭게 떠 있는 섬이다. 부모미생전의 그리움이 생겨난 그곳을 짧고도 강렬하게 노래하는 「비 내리는 흑산바다」를 읽는다.

눈으로만 듣고 싶은
노래 있다

귀로만 보고 싶은
사람 있다

입술로만 부르고픈

이름 있다

_「비 내리는 흑산바다」 전문

앞서 언급한 것처럼 시인 이주빈은 흑산도에서 태어났다.
태를 묻고 더없이 다감했던 어머니 곁에서 유년을 보낸 그곳
은 그의 품성이 형성되고, 감수성이 뿌리 내린 공간.

거기엔 '눈으로 듣는 노래'와 '귀로 보는 사람' 또한, '소리
없이 불러야 돌아보는 이름'을 가진 이들이 산다. 이 역설이
외떨어져 존재함으로써 외로움을 이겨 낼 힘을 키우는 '섬 소
년' 이주빈을 기른 게 아닐지.

수십 차례의 만남에서 내가 이주빈에게서 느낀 감정 중 하
나는 '고독함'이었다. 큰 소리로 "나는 외롭다"고 하지 않아도
조그만 그의 손짓에서까지 확인되는 쓸쓸함과 고적함. 세상
을 감각하는 시인의 촉수는 섬세하기에 그 섬세함으로 인해
상처받는 경우가 흔하다는 걸 우리는 이미 알고 있다.

「무인도」라 제목 붙인 시에서는 이주빈의 외로움이 가감
없이 읽힌다. 이런 노래다.

봄 바다에 아지랑이 피듯

세상에 잘 깃들고 살아야 할 텐데

겨울 바다에 눈 내리듯

그대 마음에 편히 스며야 할 텐데

나의 바다엔

허구한 날 소슬비 들이쳐

가없이 표류하는

작은 종이배 하나

_「무인도」 전문

16세기 방식으로 표현해 보자. '소인배가 자신을 걱정한다면 군자는 남을 걱정한다'. 그렇다. 인간 개개인은 누구 할 것 없이 고독하고 쓸쓸한 존재다. 그걸 인식한 후 어떤 방식으로 그러한 감정을 다스리느냐가 군자와 소인배를 구분하는 잣대일 터.

타자를 향해, 남을 향해, 자신의 바깥에 존재하는 객체를 향해 '아지랑이 피듯 세상에 잘 깃들'라고, '눈 내리듯 그대 마음에 편히 스며'들라고 축원할 줄 아는 이주빈이 소인배가 아님은 재론할 여지가 없다.

그러면서도 스스로를 객관적이고 명철하게 바라보려는 마음까지 갖췄기에 자신을 '가없이 표류하는 작은 종이배'라고 노래하지 않았을까?

상대가 돈이 많건 적건, 힘이 있건 없건, 자신에게 이익이 되건 안 되건 가리지 않고 따뜻하게 모두를 끌어안으며 살아온 이주빈의 진면목을 조금이라도 아는 이들이라면 이 대목에서 울컥하지 않을 도리가 없다.

'착한 사람'이 드물어진 세상이다. 착하다는 걸 자신의 이익을 위해 이용해도 된다는 것으로 받아들이는 영악한 사람들이 숱하다. 이주빈이라고 이 사실을 모를 리 없다. 그러나, 내가 아는 그는 알면서도 기꺼이 대부분의 타자들에게 '착한 사람'이 돼주며 살아왔다.

그러한 '선량'의 저변엔 그의 유년이 있다. 그는 착하고 순진한 섬사람들과 어울려 어린 시절을 보냈다. 그 기억이 만들어 낸 시는 이렇게 시작된다.

더 이상 뽀빠이며 풍선껌은 팔지 않지만
아장아장 걸어 단내 제일 진한
과자 봉지 끌어안던 나는

또박또박 적힌 사리상회 간판과 함께

아직 거기 놓고 있다

갑오징어 구워 주던 이모는 바다로 돌아가고

꼿꼿한 허벅지에 손주 재우던 할므니는

천리타향 육지에 잠든 지 오래…

_「흑산도 사리상회」 중 일부

"아장아장 걸어" "과자 봉지 끌어안던" 아기에게 "갑오징어 구워 주던 이모", 언제건 자신의 "허벅지"를 내주던 할머니와 더불어 살았으니 어떻게 나쁜 사람이 될 수 있을 것인가. 타고난 듯 보이는 시인의 선량함은 바로 '흑산도 사리상회'를 드나들던 피붙이와 이웃들 속에서 형성된 게 분명하다.

일렁이는 파도를 타고 바다 저편에서 건너온 '달콤한 육지의 과자'를 먹으며 유년을 보냈으니, 육지에 대한 동경과 궁금증이 없지 않았을 것이다.

그럼에도 이주빈은 불편이 적은 육지에서의 삶보다 모든 게 부족하고 모자란 섬으로의 귀환을 내내 꿈꿔 왔던 것으로 보인다. 왜였을까? 아래 인용하는 시 「섬집」처럼 아무것도 오지 않는 곳인데….

작은 우체통 녹슬어 으스러질 때까지

편지 한 통 오지 않았다

지붕 꼭대기까지 기어 올라간 안테나에도

안부는 잡히지 않았다

하늘에 올린 솟대

다 썩어 내릴 때까지

괭이갈매기 한 마리 오지 않았다

눈물이 돌덩이 되고

바위가 모래로 갈리는 동안

바람 한 점 들지 않았다

세상 파도 다 무너져 내릴 때까지

너는 오지 않았다

_「섬집」 전문

　위 시가 그려 내는 풍경은 적막하고 우울하기 그지없다. 그림으로 비유하자면 100년쯤 전에 그려진 낡은 수채화 같은 풍경이다. 네온사인 번쩍이는 육지와는 외떨어진 섬마을의 소년들은 오지 않는 무언가를 기다리며, 대상이 불명확한 그리움 속에서 나이를 먹어 간다. 이주빈 역시 크게 다르지 않았을 것이다.

그리고, 마침내 어른이 되었을 때 알게 된다. 모든 기다림의 끝은 허망하다는 걸. 그러나, 인식이 거기서 멈춘다면 그건 시인의 태도가 아니다. 허망함을 넘어 세상과 인간의 전망을 만들어 낼 언어를 찾아야 한다. 그 결과가 다음처럼 슬픈 노래라 할지라도. 본래 인간의 주성분은 웃음과 기쁨이 아닌 눈물과 슬픔이 아니던가.

꽃을 기다리는 날에는
묏등 삐비꽃도 피지 않았다

파도를 기다리는 날에는
잔놀조차 일지 않았다

기다리는 날에는
모두 오지 않았다

객선머리에 머리를 덩덩 찧으며 통곡을 해도
바윗돌에 심장을 북북 갈아 피를 토해도

어미는 오지 않았다
사랑은 오지 않았다

기다리다 지쳐 쓰러진 하얀 밤

나 몰래 다녀갔을 뿐

기다리는 날에는

아무도 오지 않았다

_「기다리는 날에는 아무도 오지 않았다」전문

이주빈에게 '어미'는 '사랑'과 동의어다. 나는 그걸 잘 알고
있다. 지난 몇 년간 써 온 그의 문장은 이젠 세상에 없는 어머
니를 향한 그리움과 회한의 눈물 자국에 다름없었기에.

세상 어떤 것보다 가장 애타게 기다리지만, 어떠한 방법을
써도 돌아올 수 없는 어머니. 이번 시집의 몇몇 노래가 이주빈
의 '사모곡'으로 읽히는 것에는 분명한 이유가 있다.

그 어머니는 시인에게 세계를 남다르게 감각하는 재능과
가없는 착함을 선물하고 저 먼 흑산도 남쪽, 누구도 알지 못하
는 또 다른 섬으로 떠났다. 이주빈은 지금도 어머니의 섬으로
가는 해도를 찾고 있다. 어째서냐고? '어미'를 떠올리면 때마
다 '아파 오는 심장'을 스스로 다스릴 수 없는 까닭이다.

춘삼월 갯바람은

미역 줄기처럼 싱그럽고

깨금발 딛은 파도에선

네 살결이 잡힌다

어쩌자고 나는

불시로 아련한 심장을

달고 태어난 것일까

어쩌자고 너는

까닭 없이 그리운 얼굴이었을까…

　　　　　　　_「불시로 아련한 심장」 중 일부

　'불시로 아련해지는 심장'을 아들에게 준 어머니. 이주빈의
시집에서 무시로 출렁이는 바다와 서정으로 흔들리는 섬, 곳
곳에서 발견되는 수백 번의 그리움은 모두 '어미'로 귀결된다.
　바다, 섬, 그리움이 이 시집의 세 가지 핵심어라면, '어미'로
표현되는 시인의 어머니는 부정할 수 없는 단 하나의 유일한
알짬이다. 이주빈에게 '어미'라는 단어의 무게는 천금보다 무
겁다.
　무겁고 엄정하게 어머니를 인식하는 사람이 이 땅에서 살

아가는 방식은 어떠해야 할까? 아래 노래가 그 답을 들려주고 있다. 이는 '시인 이주빈'이 아닌 '사람 이주빈'의 지향을 짐작케 하는 문장이기도 하다.

이웃집 옥상에 버려진 맥주 캔에 눈이 살포시 쌓였다 눈은 스스로를 녹여 우주의 지문을 이식하고 있다 지문엔 남십자성 따라 바다로 가는 길이 새겨질 것이다 캔이 적도 언저리에 도착할 즈음 지문은 모두 지워지고 눈은 다시 은하수의 이슬이 되겠다 한때 내가 너의 지문이었듯

_「한때 내가 너의 지문이었듯」 전문

하찮게 버려진 맥주 캔 하나에서 세계의 운행 질서를 읽어 내고, 사물이 존재하는 방식의 비밀을 캐내려는 태도. 이것이야말로 어머니가 이주빈에게 남겨 준 드물고 귀한 '시인의 성정'이 아닐지.

"맥주 캔"에서 "우주"로, 다시 "남십자성"과 "바다"로, 끝내는 "적도 언저리"의 '지워진 지문'으로 남을 게 번연한 인간의 삶이지만, 그 하찮은 삶을 뜨겁게 쓸어안는 자세. 그런 자세를 가진 사람을 우리는 '시인'이라 불러 왔다. 고래로부터 지금까지.

쉰 넘은 나이에 첫 시집을 독자들 앞에 내보인 이주빈. 그
가 책의 마지막에 심어 둔 한 편의 시가 세상의 처음이자 존재
의 끝을 감지한 자의 예언처럼 우리 가슴을 술렁이게 만든다.

쉬이 눈에 띄지 않았기에 그 소중함을 잊고 살았던 작고 고
운 꽃의 이름이 호명된다.

세상 흔한 것은
기대 사는 모든 생명들의 밥

나는 그렇게 흔해서
이름 머리에 '개'를 붙이고 살지만

나는 그렇게 흔해서
재수에 옴 붙을 '망' 자를 이름으로 쓰지만

여지껏 나는 못난 것들의
여우 같은 마누라
철없는 아버지였으니

부디 힘세고

돈 많은 자들은

너희들의 꽃을 찾아 떠나라

나는 개망초

오로지 가난한 자들에게만 보이고

오로지 힘없는 자들에게만 사랑이 되는

흔해서 따순,

당신의 밥

_「개망초꽃」 전문

'흔하기에' 어떤 무엇보다 귀하고 소중한 것들에 대한 지극
한 애정. 이주빈의 시는 이주빈을 닮았다. '그 사람이 쓰는 문
장이 곧 그 사람'이란 선현들의 말을 거듭 되새김질할 이유도
없다. 이주빈의 시는 곧 이주빈이다.

　허위허위 세파를 헤치며 있을지 없을지도 모를 '이상향'을
찾아가는 이들에게 이 시집에 실린 시들은 바다와 섬, 그리움
으로 켜켜이 쌓아 올린 무너지지 않을 미려한 성채로 다가온
다. 지금도 그렇고, 앞으로도 그럴 것이다.

내 고향 흑산도
푸르다 지쳐 검은 섬

2024년 10월 23일 1판 1쇄 인쇄
2024년 11월 5일 1판 1쇄 발행

지은이   이주빈
펴낸이   한기호
편집   도은숙 정안나 유태선 김현구 김혜경
디자인   스튜디오 문페이즈
마케팅   윤수연
경영지원   국순근

펴낸곳   어른의시간
출판등록   2014년 12월 11일 제2014-000331호
주소   04029 서울시 마포구 동교로 12안길 14 삼성빌딩 A동 2층
전화   02-336-5675
팩스   02-337-5347
이메일   kpm@kpm21.co.kr
홈페이지   www.kpm21.co.kr

ISBN   979-11-87438-27-4 03810

· 어른의시간은 한국출판마케팅연구소의 임프린트입니다.
· 잘못된 책은 구매처에서 교환해드립니다.
· 책값은 뒤표지에 있습니다.